新版
小学语文同步阅读

牛的写意

NIU DE XIEYI

李汉荣——

著

长江出版传媒　长江文艺出版社

目录

第一辑　牛的写意

牛的写意

　　牛的眼睛总是湿润的。牛终生都在流泪。

　　天空中飘不完的云彩，没有一片能擦去牛的忧伤。

　　牛的眼睛是诚实的眼睛，在生命界，牛的眼睛是最没有恶意的。

　　牛的眼睛也是美丽的眼睛。我见过的牛，无论雌雄老少，都有着好看的双眼皮，长着善眨动的睫毛，以及天真黑亮的眸子。我常常想，世上有丑男丑女，但没有丑牛，牛的灵气都集中在它的大而黑的眼睛。牛，其实是很妩媚的。

　　牛有角，但那已不大像是厮杀的武器，更像是一件对称的艺术品。有时候，公牛为了争夺情人，也会进行一场爱的争斗，如果正值黄昏，草场上牛角铿锵，发出金属的声响，母牛羞涩地站在远处，目睹这因它而起的战争，神情有些惶恐和歉疚。当夕阳"咣当"一声从牛角上坠落，爱终于有了着落，遍野的夕光摇曳起婚礼的烛光。那失意的公牛舔着爱情的创伤，消失在夜的深处。这时候，我们恍若置身于远古的一个美丽残酷的传说。

牛在任何地方都会留下蹄印。这是它用全身的重量烙下的印章。牛的蹄印大气、浑厚而深刻，相比之下，帝王的印章就显得小气、炫耀而造作，充满了人的狂妄和机诈。牛不在意自己身后留下了什么，绝不回头看自己蹄印的深浅，走过去就走过去了，它相信它的每一步都是实实在在走过去的。雨过天晴，牛的蹄窝里的积水，像一片小小的湖，会摄下天空和白云的倒影，有时还会摄下人的倒影。那些留在密林里和旷野上的蹄印，将会被落叶和野花掩护起来，成为蛐蛐们的乐池和蚂蚁们的住宅。而有些蹄印，比如牛因为迷路踩在幽谷苔藓上的蹄印，就永远留在那里了，成为大自然永不披露的秘密。

牛的食谱很简单：除了草，牛没有别的口粮。牛一直吃着草，从远古吃到今天早晨，从海边攀缘到群山之巅。天下何处无草，天下何处无牛。一想到这里我就禁不住激动：地上的所有草都被牛咀嚼过，我随意摘取一片草叶，都能嗅到千万年前牛的气息，听见那认真咀嚼的声音，从远方传来。

牛是少数不制造秽物的动物之一。牛粪是干净的，不仅不臭，似乎还有着淡淡的草的清香，难怪一位外国诗人曾写道："在被遗忘的山路上，去年的牛粪已变成黄金。"记得小时候，在寒冷的冬天的早晨，我曾将双脚踩进牛粪里取暖。我想，如果圣人的手接近牛粪，圣人的手会变得更圣洁；如果国王的手捧起牛粪，国王的手会变得更干净。

在城市，除了人世间浑浊的气息和用以遮掩浑浊而制造的各种化学气息之外，我们已很少嗅到真正的大自然的气息，包括牛粪的气息。有时候我想，城市的诗人如果经常嗅一嗅牛粪的气息，他会写出更接近自然、生命和土地的诗；如果一首诗里散发出脂粉气，这首诗已接近非诗，如果一篇散文里散发出牛粪的气息，这篇散文已包含了诗。

放 牛

大约六岁的时候，生产队分配给我家一头牛，父亲就让我去放牛。

记得那头牛是黑色的，性子慢，身体较瘦，却很高，大家叫它"老黑"。

父亲把牛牵出来，把牛缰绳递到我手中，又给我一节青竹条，指了指远处的山，说，就到那里去放牛吧。

我望了望牛，又望了望远处的山，那可是我从未去过的山呀。我有些害怕，说，我怎么认得路呢？

父亲说，跟着老黑走吧，老黑经常到山里去吃草，它认得路。

父亲又说，太阳离西边的山还剩一竹竿高

的时候，就跟着牛下山回家。

现在想起来仍觉得有些害怕，把一个六岁的小孩交给一头牛，交给荒蛮的野山，父亲竟那样放心。那时我并不知道父亲这样做的心情。现在我想：一定是贫困艰难的生活把他的心打磨得过于粗糙，生活给他的爱太少，他也没有多余的爱给别人，他已不大知道心疼自己的孩子。

我跟着老黑向远处的山走去。

上山的时候，我人小爬得慢，远远地落在老黑后面，我怕追不上它我会迷路，很着急，汗很快就湿透了衣服。

我看见老黑在山路转弯的地方把头转向后面，见我离它很远，就停下来等我。这时候我发现老黑对我这个小孩是体贴的。我有点喜欢和信任它了。

听大人说，牛生气的时候，会用蹄子踢人。我可千万不能让老黑生气，不然，在高山陡坡上，它轻轻一蹄子就能把我踢下悬崖，踢进大人们说的"阴间"。

可我觉得老黑待我似乎很忠厚，它的行动和神色慢悠悠的，倒好像生怕惹我生气，生怕吓着了我。

我的小脑袋就想：大概牛也知道大小的，在人里面，我是小小的，在它面前，我更是小小的。它大概觉得我就是一个还没有学会四蹄走路的小牛儿，需要大牛的照顾，它会可怜我这个小牛儿的吧。

在上陡坡的时候，我试着抓住牛尾巴，借助牛的力气爬坡，牛没有拒绝我，我看得出它多用了些力气。它显然是帮助我，拉着我爬坡。

很快地，我与老黑就熟了，有了感情。

牛去的地方，总是草色鲜美的地方，即使在一片荒凉中，牛也能找到隐藏在岩石和土包后面的草丛。我发现牛的鼻子最熟悉土地的气味。牛是跟着鼻子走的。

牛很会走路，很会选择路。在陡的地方，牛一步就能踩到最合适、最安全的路；在几条路交叉在一起的时候，牛选择的那条路，一定是离目的地最近的。我心里暗暗佩服牛的本领。

有一次我不小心在一个梁上摔了一跤，膝盖流血，很痛。我趴在地上，看着快要落山的夕阳，哭出了声。这时候，牛走过来，站在我面前，低下头用鼻子嗅了嗅我，然后走下土坎，后腿弯曲下来，牛背刚刚够着我，我明白了：牛要背我回家。

写到这里，我禁不住在心里又喊了一声：我的老黑，我童年的老伙伴！

我骑在老黑背上，看夕阳缓缓落山，看月亮慢慢出来，慢慢走向我，我觉得月亮想贴近我，又怕吓着了牛和牛背上的我，月亮就不远不近地跟着我们。整个天空都在牛背上起伏，星星越来越稠密。牛驮着我行走在山的波浪里，又像飘浮在高高的星空里。不时有一颗流星从头顶滑落。前面的星星好像离我们很近，我担心会被牛角挑下几颗。

牛把我驮回家，天已经黑了多时。母亲看见牛背上的我，不住地流泪。当晚，母亲特意给老黑喂了一些麸皮，表示对它的感激。

秋天，我上了小学。两个月的放牛娃生活结束了。老黑又交给了别的人家。半年后，老黑死了。据说是在山上摔死的。它已经瘦得不能拉犁，人们就让它拉磨，它走得很慢，人们都不喜欢它。有一个夜晚，它从牛棚里偷偷溜出来，独自上了山。第二天有人从山下看见它，已经摔死了。

　　会场里放了三十多堆牛肉，每一堆里都有牛肉、牛骨头、牛的一小截肠子。

　　当晚，生产队召集社员开会，我也随大人到了会场，才知道是在分牛肉。

　　三十多堆，三十多户人家，一户一堆。

　　我知道这就是老黑的肉。老黑已被分成三十多份。

　　三十多份，这些碎片，这些老黑的碎片，什么时候还能聚在一起，再变成一头老黑呢？我忍不住号啕大哭起来。

　　人们都觉得好笑，他们不理解一个小孩和一头牛的感情。

　　前年初夏，我回到家乡，专门到我童年放

牛的山上走了一趟，在一个叫"梯子崖"的陡坡上，我找到了我第一次拉着牛尾巴爬坡的那个大石阶。它已比当年平了许多，石阶上有两处深深凹下去，是两个牛蹄的形状，那是无数头牛无数次踩踏成的。肯定，在三十多年前，老黑也是踩着这两个凹处一次次领着我上坡下坡的。

我凝望着这两个深深的牛蹄窝。我嗅着微微飘出的泥土的气息和牛的气息。我在记忆里

仔细捕捉老黑的气息。我似乎呼吸到了老黑吹进我生命的气息。

忽然明白，我放过牛，其实是牛放了我呀。

我放了两个月的牛，那头牛却放了我几十年。

也许，我这一辈子，都被一头牛隐隐约约牵在手里。

有时，它驮着我，行走在夜的群山，飘游在稠密的星光里……

小 白

　　我怀念那条白狗。

　　是我父亲从山里带回来的。刚到我家，它才满月不久，见人就跟着走，过了几天，它才有了内外之分，只跟家里人走，对外人、对邻居它也能友好相处，只是少了些亲昵。我发现狗有着天生的"伦理观"和"社交能力"。不久，它就和四周的人们处得很熟，连我也没有见过的大大小小的狗们也常在我家附近的田野上转悠，有时就"汪汪"叫几声，它箭步跑出来，一溜烟儿就与它的伙伴们消失在绿树和油菜花金黄的海里。看得出来，它是小小的狗的群落里一个活跃的角色。我那时在上高中，学校离家有十五里，因为没钱在学校就餐，只好每天跑步上学，放学后跑步回家吃饭，然后又跑步上学，只是偶尔在学校吃饭、住宿。我算了一下，几年高中跑步走过的路程，竟达一万多里。这么长的路，都是那条白狗陪我走过来的。每一次它都走在我前面，遇到沟坎，它就先试着跳过去，然后又跳过来，蹭着我的腿，抬起头看我，示意我也可以从这里跳过去。到了学校大门，它就停下来，它知道那是人念书的地方，它不能进去，它留恋地、委屈地目送我走进校园，然后走开，到学校附近的田野里逛游，等到我放学了，它就准时出现在学校门口，亲热地蹭着我，陪我从原路走回家。我一直想知道在我上课的这段时间里，它是怎样度过的。有一天我特意向老师请了一节课的病假，悄悄跑出校园观察狗的动静。我到食堂门口没有找到它，它不是贪吃的动物；我到垃圾堆里没有找到它，它是喜欢清洁的动物；我到公路下面的小河边找到它了，它卧在青草地上，静静地看着它水里的倒影出神。我叫了它一声"小白"（因为它通体雪白），它好像从梦境中被惊醒过来，愣愣地望了我一会儿，突然站起来舔我的衣角，这时候我看见了它眼里的泪水。那一刻我也莫名其妙地流出了眼泪，我好像忽然明白了生命都可能面对的孤独处境，我也明白了平日压抑我的那种阴郁沉闷的气氛，不仅来自生活，也来自内心深处的孤独。作为人，我们尚有语言、理念、知识、书本等等叫作文化的东西来化解孤独升华孤独，而狗呢，它把全部的情感和信义都托付给人，除了用忠诚换回人对它的有限回报，它留给自己的全是孤独。而这孤独的狗仍然尽着最大的情义来帮助和安慰人。这时候狗站在我身边，河水映出了我和它的倒影。

后来我上大学了，小妹又上高中，仍然是小白陪着妹妹往返。妹妹上学的境遇比我好一些，平时在学校上课、吃住，星期六回家，星期日下午又返回学校。小白就在星期六到学校接回妹妹，星期日下午送妹妹上学，然后摸黑返回家。我在远方思念着故乡的小白，想着它摸黑回家的情景，黑夜里，它是一团白色的火苗。有一次我梦见小白走进了教室，躲在墙角看着黑板上的字，它也在学文化？醒来，我想象狗的脑筋里到底在想什么。它有没有了解人，包括了解人的文化的愿望？它把自己全部交给人，它对人寄予了怎样的期待？它仅仅满足于做一条狗吗？它哀愁的深邃目光里也透露出对人、对它自己命运的大困惑。它把我们兄妹送进学校，它一程程跑着相同的路，也许它猜想我们是在做什么重要的事情。我们识了许多字，知道了一些道理，而它仍然在我们的文化之外。它当然不会嫉妒我们这点儿文化，但它会不会纳闷：文化，你们的文化好像并没有减少你们的忧愁。

后来小白死了，据说是误食了农药。父亲和妹妹将它的遗体埋进后山的一棵白皮松下面，它白色的灵魂会被这棵树吸收，越长越高的树会把它的身影送上天空。那一年我回家乡，特意到后山找到了那棵白皮松，树根下有微微隆起的土堆，这就是小白的坟了。我确信它的骨肉和灵魂已被树木吸收，看不见的年轮里寄存

着它的困惑、情感和忠诚。我默默地向白皮松
鞠躬，向在我的记忆中仍然奔跑着的小白鞠躬。

第二辑　与植物相处

田埂上的野花芳草

那天，我独自到郊外田野游逛，时值初夏，油菜正在结籽，小麦开始灌浆，田埂上花草繁密，清香扑鼻。车前草、马蹄莲、狗尾巴草、灯芯草、灯盏花、鹅儿肠草、荠菜花、野草莓、鱼腥草、麦冬、苜蓿花……叫得上名字的和叫不上名字的，一丛丛、一团团、一簇簇，它们全神贯注地沉浸于自己的小小心事，酝酿着田园诗意，精心构思着代代相传的古老乡土艺术。一些性急的野花已捧出了成熟的小果果，我采了几样放进嘴里，有的是纯甜味，有的微甜带涩，有的不甜只涩，有的很苦涩。我当然不能埋怨它们不可口，它们开花结果压根儿就不是为了我吃，它们是为延续自己的生命而保存种子。它们自私吗？不，一点也不自私，它们没有丝毫的私心。也许它们本来无心，若说有心，那也是草木之心，草木之心者，天地之心也。它们属于天地自然，它们活着，是在为天地自然活着，是在为天地自然工作。它们延续了自己的生命，也就延续了土地的春天，同时也就延续了蝴蝶的舞蹈事业和蜜蜂的酿造事业，延续了鸟儿们飞翔和歌唱的事业。这样，其实也就延续了田园的美景，延续了人类的审美体验。在公元前的周朝和春秋时代，我们的先人在原野一边耕种，一边吟唱，顺手拈来，脱口而出，就把身边、手头的植物作为赋比兴的素材，唱进了风雅颂。在《诗经》三百余篇诗里，保存着上古植物的芬芳、露水和摇曳的身姿。沿着诗的线索，沿着田园的阡陌，一路走来了陶渊明、孟浩然、王维、杨万里……簇拥在他们身边、脚下，摇曳在他们视线里的，都是这些朴素的野花芳草。兴许，他们还曾一次次俯下身子，爱怜地抚摸过它们，有时，就坐在地上，长久地凝视着它们，为它们纯真的容颜、纯真的美，而久久沉浸，在这种单纯的沉浸里，他们触摸到了天地的空灵之心，也发现了自己的诗人之心。面对大自然呈现的天真之美，诗人们无以报答，只有将一颗诗心回赠，于是，他们捧出一首首饱含情感之露和灵思之美的诗，献给自然，献给原野，献给这些美好的植物，其实是献给了从大地上一茬茬走过的岁月，献给了一代代人类之心。

我看着阡陌上可爱的植物们，内心里涌起了很深很浓的感情，对这些野花芳草们充满了由衷的尊敬。它们从远古一路走来，万古千秋，它们小心地保管着怀里的种子，小心捧着手里的露水；万古千秋，它们没有将内心的秘密丢失，没有将手中的宝石打碎。它们完好地保存了大地的景色，维护着田园的诗意。它们是大自然的忠诚卫道士，是田园诗的坚贞传人。即使时间走到现代，文明已经离不开钢筋塑料水泥，它们断然拒绝向非诗的生活方式投降，在僵硬的逻辑之外，依旧坚持着温婉的情思和纯真的古典品质。瞧，此刻，我身旁这些花草，它们手中捧着的，仍是《诗经》里的露水，仍是陶渊明的种子，仍是孟浩然的气息。我就想，我们手里也曾有过不少好东西，但是，一路上被我们有意无意地丢失了、摔碎了多少？植物若是都像我们这样不停地丢失和损毁，这大地，这原野，这田园，会是什么样子？

我长久地望着这些温柔的植物们，想起那些关于地球毁灭、动植物灭绝的不祥预言和恐怖电影，想起我们充满忧患和灾变的地球生态环境，内心里产生了深深的忧郁和恐惧，对"灭绝"则是十万八千个不愿意！不说别的，就凭眼前这些温存、美好的植物，这些从上古时代启程，揣着《诗经》的露水，沿着唐诗和宋词的纵横阡陌，一路千辛万苦走来的野花芳草，这个世界就不该灭绝，而应该千秋万世延续。是的，我们必须将纯真之美坚持下去，将自然之诗捍卫到底。

归去来兮，田园将芜胡不归！我听见，在南山之南，在田园远处，亲爱的陶渊明大哥，正向我招手、吟啸……

与植物相处

　　不管如何，与人相处多了也会有烦的时候。即使孔夫子在世，天天接受他老人家的教导，恐怕有时候也想请假两天在家里闭门思过，享受独处的宁静。即使李白在月光下复活，与他三五天喝醉一次是可以的，甚至是"不亦快哉"的，但如果日日狂饮，夜夜醉倒，不仅诗写不出来，还会喝垮了身体。"圣人"和"诗仙"尚且如此，何况世上并非都是你喜欢和热爱的人，产生"烦"甚至更不好的情绪就难免了。

　　宠物大约就是由此"宠"起来的。人们养猫、养狗、养鸟，养一些可爱温驯的动物，动机之一恐怕就是想适度地拉开与"同类"的距离，而在与"异类"的相处中感受一种无忧的情趣。与这些动物相处，人可以回到一种简单的心境，不必戒备和算计，也不必有那么多的礼节，更不用点头哈腰献媚讨好。这一切都免了。动物不欣赏人类的文化，你只要喜欢它，它就给你回报：猫就偎在你的怀里，狗就向你撒娇，鸟就向你唱歌。在简单、纯洁的动物面前，人也变得简单、纯洁了，人就有了从容、宁静、无邪的心境，领略生命与生命交流的喜悦。

但是人能与之相处的动物的种类还是太少了，宠物是人精心选择和驯化了的。人不能和狼相处，麻雀好像压根儿不想与人类建立什么亲近的关系，它们只喜欢给人类制造一些小麻烦。人更无法考虑与虎、豹子等凶猛的动物相处，只能在动物园里隔着铁栅栏远远地欣赏它们的英姿。

这样，我们就格外思念大自然中的植物了。于是我来到植物们面前，它们是我的老师、医生和朋友。

这泛绿的青草可是从白居易的诗里生长出来的？蒙蒙细雨里，我几步就走进了唐朝，隐约间仿佛看见了李商隐、王维们的背影，青草绿了他们的诗，绿了古中国的记忆。我看见了车前草，还是在《诗经》里那么优美地摇曳着。狗尾巴草，那么天真地守在路边，谁家的狗丢了尾巴？遍地好看的狗尾巴，令千年万载的孩子们想找到那一定很好看的狗。三叶草，三片叶子指着三个方向，哪一个方向都通向蝴蝶的翅膀。趁我伏在泉边喝水的时候，野百合悄悄地开了，洁白的手在风里打着手势，似乎谢绝与我相握，它嫌我的手太粗糙，嫌我的气息太浑浊？太阳花开了，这么灿烂的笑，我看见太阳的颜色了，我比天文学家看得清楚，我不用到天上去看，太阳的亲生女儿全都告诉我了。

　　茉莉、菊、栀子、玫瑰……轻轻地叫一声它们的名字，就感到灵魂里生出温柔、芬芳的气息。是的，许多植物的名字太美了，美得你不忍心大声呼叫它们。含着感情轻轻叫一声玉兰，那洁白如玉的花瓣会撒落你一身，你就感到这个春天的爱情又纯洁又慷慨。静静地守在昙花旁边，不要被天上的星月扰乱了视线，注视它吧，它漫长的一生里只有这一个灿烂的瞬间。竹子正直地生长着；芭蕉粗中有细，准确地捕捉了风的动静；仙人掌握着满把孤独，又用一手的刺拒绝轻薄的同情；一不留神，青苔就爬上了绝壁；野草莓想走遍夏天，却被蛮不讲理的溪水挡住了去路。我也被挡住了去路，于是就躺下来。一觉醒来，野草莓包围了我，多亏不远处松林里那五颜六色的蘑菇向我不停地递眼神，让我看见一条通向远方的幽径。否则，我怎么能走出这温柔而芬芳的围困？

有一小块自己的庄稼地多好啊！看一会儿书种一会儿庄稼，写一首诗侍弄一会儿花草。书里的思想抖落进泥土，会开出奇异的花；泥土的气息漫进诗，诗会有终年不散的充沛的春墒。看青翠挺拔的玉米怎样抱起自己心爱的娃娃，看聪明的辣椒怎样在寒冷的土里找到一把一把的火，看豆荚躺在小床上如何构思，看韭菜排列得那么整齐，像杜甫的五律……

　　与植物待在一起，人会变得诚实、善良、温柔并懂得知恩必报。世上没有虚伪的植物，没有邪恶的植物，没有懒惰的植物。植物开花不是为了炫耀自己，它是为自己开的，无意中把你的眼睛照亮了。植物终生都在工作，即使埋在土里，它也不会忘记自己的责任。你无意洒落一滴水，植物来年会回报你一朵花。没有谁告诉它生活的哲学，植物的哲学导师是深沉的土地。

芦苇，激动人心的大美

　　绿树拥岸、蜿蜒流淌的河是很美的，要说河的最美的地方，那肯定是芦苇荡。

　　欣赏河流并不需要多高的美学修养，河流有一种天生的打动人的美的力量，她闪烁的波光，她宛转的河岸，她或激越或温柔的流水的声音，她的周围和上空旋绕的鸟的身影，她的波光里明灭起落的星星的倒影、银河的倒影和云的倒影，从她身上弥漫而来的湿润清爽的空气……这一切，通过视觉、听觉、嗅觉和触觉全方位地感染你、渗透你、浸润你，河流很快就笼罩和充满了你，此时，你没有别的感觉，你只有一个感觉：河流真好，真爽，真美啊。

　　你不想再远离河流了，你就入迷地站在河

风里，站在河的絮语里，你举目四望，河流太好看了，目光都不知该停放在哪个地方，因为每一个地方都是美景，都是亮点。

你该把目光投向哪里呢？你知道了"美不胜收"这个词的来历，要是古人不造这个词，面对河流，你也会在此时此刻造出这个词来的，不然，你会觉得对不起河流。

这时，你看见了河湾里那大片大片的芦苇荡。

那么浓郁热烈的绿，像旗帜招展在河流的身体上。微风吹来，苇浪就开始有节奏地起伏，那么绵软、优雅、节制，那么美好的动作。也许只有芦苇能做出这么美好的动作。风大起来了，苇浪起伏的弧度明显放大了，眼看要匍匐在地上，然而并没有完全匐下去，你也不愿意看见可爱的芦苇做出这么委屈的姿势。芦苇们互相依托着、呼应着，只把柔韧的腰弯到有几分悲壮的程度，就又挺起来，然后随了风继续那哀而不伤、匐而不倒的动人舞蹈。

是的，水在流动，风在跑动，岸在移动，

在变动不居的河流里，在变动不居的岁月里，芦苇们不知听到了谁的暗示，不声不响地在低处做着准备，然后集结成浩荡的军队"呼啦啦"开出来，就在流动的河里，流动的时间里，流动的生活里，切割了这么一些安静的、绿色的岛屿，宣告美的征服和温柔的占领。让我们看到：许多东西在不停地变化、流逝，许多事物在无可挽回地快速远离我们。但是，仍然有一些东西没有变，仍然有一些可爱的事物停留了下来，并且远远近近地陪伴着我们，它们时时眺望着我们，也被我们时时眺望，比如：你正在凝视的那一片片芦苇，此时，它在接受你投去的目光，它那么安静，深邃，它似乎要把你清澈、深情的目光收藏起来，把你的美好年华收藏起来，若干年后，当你老眼昏花了，它再把它收藏的你青春的情怀，把它收藏的你早年的目光，都还给你，重新放进你的瞳仁。

到了秋天，苇花如弥漫的白雪，被覆盖的河滩成了起伏的雪原，走近它，你能听见大地深长、细微的呼吸，你能感受到一种只有从风浪和霜寒中一路走来才会有的那种深沉、忧郁和依然保持着纯真情操的成熟之美和内在之美。在苇花的雪浪里行走，你会重新发现你内心深处原来有一片柔软地带，此时它正在落雪，正在不断展开灵魂的空阔和洁白。

许多个秋夜，我来到苇花飘曳的河滩，月亮小心地踮着脚轻轻从上空走过，生怕让这唯美、柔弱的梦受惊。月光落下来，一层层落在苇花上，天上的雪与地上的雪相遇了，尘世的梦与天国的梦汇合了，我目睹并参与了两个梦的交接仪式和汇合过程，并荣幸地成为那超现实梦境中的一个细节。我在大地的一隅邂逅了天堂。

不止一次，我在秋日里看见过这样的情景：一对对情侣在苇花的白雪里走着，置身于大自然纯美的诗的意境，即使再没有诗意的人，这时候看过去，也有了几分空灵和超凡气息。我想，也许他们都是很普通的人，以后也将过着庸常甚至琐碎的日子，然而，这一刻，大自然的诗意使他们凡俗的岁月有了深刻的记忆，雪白的苇花漫过他们初恋的时光，即使到老了，什么都忘记了，也许他们仍记得那雪白的苇花，以及那贴着苇花飞过的雪白的鹭鸟，还有头顶那雪白的云。这记忆的底色，将漂白时光里沉积的灰暗，在纷繁甚至浑浊的色彩里，他们一生都将坚持对洁白的崇拜。当他们在尘世间走出去很远，停下来回望，总能望见过去的白雪，那是多么纯真的雪啊。

第三辑 慢速流淌的河

瀑

　　赞美瀑布的诗文太多太多了。打开唐诗宋词，便有瀑布之声从时间深处传来，打湿我干涸的思念。

　　真该感谢瀑布：它滋润了诗人的情怀，洗涤了画家的心胸，浇灌了一代代赤子们的创造激情！

　　每一次我来到瀑布面前，或远远地看见瀑布的身影，我总是激动不已，欲狂欲歌！

　　它来了，它从命运的高处来了！它兴冲冲地来了！如儿童追逐一只彩蝶，如少年捕捉一个幻影，如青年赶赴一次约会；它来了，它跑着笑着唱着舞着，它越跑越快，越笑越开心，越唱越激动，越舞越狂热！

它来不及选择，便从高高的悬崖跌入深深的峡谷！

我没有听见它的叹息，更没有听见它的哭声，我听见的是海潮，海潮，海潮，依旧是海潮。

我听见纯真的笑，迷狂的笑，灿烂的笑。

我听见十万群山一片笑的和声。

瀑布碎了，水复活了，水沸腾了，雪浪，雪浪，雪浪……

瀑布来了，又来了，它每一刻都在壮丽地死去，每一刻都在庄严地新生。不停降临的瀑布，分娩着层出不穷的雪浪。

不间断地受难，不间断地死去，不间断地涅槃，不间断地体验着生与死的大喜悦！

高潮陷落在深渊，深渊里涌动着滔滔不息的高潮！

瀑布的一生，是高潮迭起的一生！

柔弱的水，女性的水，阴郁的水，在悬崖上，在忘情奔流的途中，写着大智大勇大起大落的传记！

我有水的气魄吗？如果我追寻的真理隐藏在寂寞阴冷的深谷，我敢拒绝头顶云霞的诱惑，毅然从悬崖上跳下，去殉我的道吗？

我有水的意志吗？不舍昼夜，不拒涓细，心系一处，情注一方，以坚韧得近乎愚蠢的耐心，以百年千载为一个工时，把顽石打磨成细细的沙粒！

我有水的纯洁吗？不管地壳裂变，阴阳错乱，候鸟变换着格言，云雾修改着脸谱，水的女儿，不改冰清玉洁的品性，升天入地，依旧是晶莹明洁的赤子心。纵使在绝望的命运里跌碎了，也是明亮的碎片，干净的颗粒。

我有水的忠诚吗？天真地活着，坚贞地爱着。不羡慕南面的金山，东面的银山，西面的铜山，爱上了这北山，就千年万载厮守着它的清寒、孤独和庄严。当金山垮了，银山倒了，铜山裂了，它依旧唱着对北山的初恋。北山寒冷而高峻，北山的峰顶有古老的积雪，那是爱的源头，高洁的爱总是在人迹罕至的地方发源……

瀑布，以经典的方式，把水的品质大写在天地之间。

读瀑，我读到了我的浑浊、平庸和贫弱。我的生命早已熄灭了激情，仅有的只是死水和微澜。

在瀑布的大生大死面前，我知道我只是个苟活者；在瀑布的大激情面前，我顿悟我往日的那些自以为很壮烈的情感，只不过是池塘里泛起的泡沫；在瀑布的大手笔面前，我发现我写的那些文字，包括“大师”们制造的那些所谓“经典”，多半是燥热、昏蒙的诳语，耐不住寂寞的蛙们的妄言。

终生被囚禁在悬崖上，终生是自由的歌者。

时时刻刻在死去，时时刻刻在诞生。

我想做一次瀑布，从高高的悬崖，向深深的命运，纵身一跃……

溪　水

　　一条大河有确切的源头，一条小溪是找不到源头的。你看见某块石头下面在渗水，你以为这就是溪的源头，而在近处和稍远处，有许多石头下面、树丛下面也在渗水，你就找那最先渗水的地方，认它就是源头，可是那最先渗水的地方只是潜流乍现，不知道在距它多远的地方，又有哪块石头下面或哪丛野薄荷附近，也眨着亮晶晶的眸子。于是，你不再寻找溪的源头了。你认定每一颗露珠都是源头，如果你此刻莫名其妙流下几滴忧伤或喜悦的泪水，那你的眼睛、你的心，也是源头之一了。尤其是在一场雨后，天刚放晴，每一片草叶，每一片树叶，每一朵花上，都滴着雨水，这晶莹、细密的源头，谁能数得清呢？

溪水是很会走路的，哪里直走，哪里转弯，哪里急行，哪里迂回，哪里挂一道小瀑，哪里漾一个小潭，乍看潦草随意，细察都有章法。我曾试着为一条小溪改道，不仅破坏了美感，而且要么流得太快，水上气不接下气似在逃命，要么滞塞不畅，好像对前路失去了信心。只好让它复走原路，果然又听见纯真喜悦的足音。别小看这小溪，它比我更有智慧，它遵循的就是自然的智慧，是大智慧。它走的路就是它该走的路，它不会错走一步路；它说的话就是它该说的话，它不会多说一句话。你见过小溪吗？你见过令你讨厌的小溪吗？比起我，小溪可能不识字，也没有文化，也没学过美学，在字之外、文化之外、美学之外，溪水流淌着多么清澈的情感和思想，创造了多么生动的美感啊。我很可能有令人讨厌的丑陋，但溪水总是美好的，令人喜爱的，从古至今，所有的溪水都是如此可爱，它令我们想起生命中最美好纯真的那些品性。

林中的溪水有着特别丰富的经历。我跟着溪水蜿蜒徐行，穿花绕树，跳涧越石，我才发现，做一条单纯的溪流是多么幸福啊。你看，老树掉一片叶子，算是对它的叮咛；那枝野百合花投来妩媚的笑影，又是怎样的邂逅呢？野水仙果然得水成仙，守着水就再不远离一步了；盘古时代的那些岩石，老迈愚顽得不知道让路，就横卧在那里，温顺的溪水就嬉笑着绕道而行，在顽石附近漾一个潭，正好，鱼儿就有了合适的家，到夜晚，一小段天河也向这里流泻、汇聚，潭水就变得深不可测；兔子一个箭步跨过去，溪水就拍了拍那惊慌的尾巴；一只小鸟赶来喝水，好几只小鸟赶来喝水，溪水正担心会被它们喝完，担心自己被它们的小嘴衔到天上去，不远处，一股泉水从草丛里笑着走过来，溪水就笑着接受了它们的笑……

　　我羡慕这溪水，如果人活着，能停止一会儿，暂不做人，而去做一会儿别的，然后再返回来继续做人，在这"停止做人的一会儿里"，我选择做什么呢？就让我做一会儿溪水吧，让我从林子里流过，绕花穿树、跳涧越石，内心清澈成一面镜子，经历相遇的一切，心仪而不占有，欣赏然后交出，我从一切中走过，一切都从我获得记忆。你们只看见我的清亮，而不知道我清亮里的无限丰富……

慢速流淌的河

我故乡那条河很美，很清澈，很温柔。

那是一条慢速流淌的河。

她为什么流得那样缓，那样慢呢？

我沿河行走，仔细观察她的河岸、河湾、河心、河滩，以及两岸的树林、草地、村庄。

我想知道她缓慢的原因。

早起的渔船会让她兜许多圈子；扎猛子的鸭们也让她必须画圆一个又一个漩涡；产卵的鱼逆水上行，河就慢慢儿送它们一程；更有那戏水的孩子们把密集的水花儿缀在身上；河边歇息的大伯把双腿伸进水里，她就停一会儿仔细抚摸那粗糙的皮肤，还捧起沙粒轻轻按摩他结满老茧的脚底；有时，一头过河的黄牛贪恋河风的清凉，就站在水里用尾巴系住一朵朵波浪；七八头水牛结伴儿蹚进河心，像军舰一样停泊在深水区，只把头仰在水的外面，向天空喷吐泡沫……以上种种难以一一叙及的事物，都会放慢她流淌的速度。

晌午，准备做饭的大嫂们来到河边，将一只只水桶放下去又提上来，一部分河水就走进了村庄的水缸、灶台和生活，炊烟知道自己的根源在哪里，它们绕来绕去就绕到河的上空，似乎在安慰因它们而减少了流量、降低了流速的河流，生怕她耽误了下游。

在开满野花的河湾，洗衣的姑娘们会把各色衣服泡在水里，反复揉搓；也把各色的心情泡在水里，反复揉搓。这条河有多少河湾呢？河湾里有多少姑娘在洗衣呢？我没有统计，其实也根本无法统计清楚。一条河就被她们反复揉搓着，说不定，每一滴河水都在姑娘们的手中逗留过，然后，带着她们的手温和手纹，不情愿地返回河里。这美好的停留，放慢了河流的速度，河，因此有了深度，有了不为人知的许多细节。

在偏僻的河段，会有一些从远方归来的人，来到老柳树下，坐在古老的石头上，这恰好是他小时候坐过的石头，饱经沧桑的身体与年少轻狂的记忆重叠。他掬起河水，看它一点点从指缝漏尽，属于一个人的时间也是这样一点点漏尽；他撩起河水，看那一层层水花一直坚持到河心，然后被一个波浪带走；他久久地凝望河面，他相信，河流的内涵已经被他改变，就像生活的内涵已经把他改变。一条丰富的河流，总是忙于接纳、沉淀和自净，始终保持着清澈的内心。河，在他的影子里放慢了流速，似乎不忍心再让他的影子有半点破碎。

而在夜晚，裸浴的月亮刚刚出水，准备返回半空，"哗"，多半条银河就落进河中，天上的河要与地上的河交换波光、交换心事。牛郎和织女同时在两条河里对望着，他们的爱情要经过两次以上的考验，人间、天上同时有多少眼睛注视着他们？河水似乎停止了流动，生怕万一涨潮，冲毁了那已经快要搭好的鹊桥……

有一个喜欢夜吟的诗人，来到河边，也来到天河的岸边，河，就在他的心里拐几个弯，流进一首诗，蜿蜒成他的语言……

就这样，一条河形成了缓慢的流速，她也满足于这缓、这慢。缓慢地，她不急于带走太多东西，而是让掉进河里的一切，比如雨水、落叶、雪、虹、石头或女孩子的发卡，都有沉淀的机会和重新上岸的机会。缓慢地，她不忽略任何事物，她耐心地为每一个投来的倒影造像。即使一只鸟的倒影，她也要让它完整地呈现；即使一弯残月的倒影，她也要用每一个夜晚，去仔细修复它的创伤，直到它重新浑圆；即使一个简陋的水瓢，她也要让它盛满。人们从她这里听到的，总是不急不慌的絮语。

是的，在她的缓和慢里，两岸的人们似乎并没有失去什么，即使失去了什么，他们至少没有失去缓和慢，以及在温柔的缓慢里，看到和想到的许多细节。

而这条缓慢流淌的河，并没有因此耽误她的下游。属于她的下游，属于她的海，一直在远方等候着。

对故乡那条河流的考察，已过去好多年了。她现在的流量如何？流速如何？她现在是否仍清澈见底？我当年看见的那些动人情景，现在还是否能够看到？

在一切都变得越来越快，也越来越燥热的现代天空下，不断传来关于河流的噩耗（污染、断流、干枯），使我不由得产生了恐惧的联想：那条美好的河，缓慢的、温柔的，呈现着自然的神性之美和人间的诗性之美的河，会不会断流？

我一定要返回故乡，就在明天出发，我一定要去看望那条河流。

第四辑　又见南山

又见南山

我是山里人。山是我的胎盘和摇篮，也是我最初的生存课堂。山里的月是我儿时看过的最慈祥的脸（仅次于外婆），山里春天早晨的风是最柔软的手（仅次于母亲），山的身影是多么高大啊（仅次于毛主席）。我读第一本书的时候，入迷得像在做梦，每一个字都是那么神奇，它们不声不响非人非物，但它们却能说出许多意思，这真是太有意思了。忽然书页暗下来，抬起头，才看见，山一直围在我的四周，山也在看书？其实它们站在书的外面，抿着嘴像要说什么话，却不说，一直不说。山要是把一句话说出来，要么很好玩，要么很可怕，天底下的话都不用再说了。但是山不说一句话，不说就不说吧，多少年都不说，就是为了让人去说各种各样的话。我隐约觉得山是很有涵养的，像我外爷。外爷是个中医，很少说话，他说，我开的药就是我要说的话。

后来，就逃跑般地离开了山。也许山还记得我对它的埋怨：闭塞、贫困、愚昧，挡住了我的视线，使我看不见人生的莽原和思想的大海。

辗转这么多年，从一本书走进另一本书，我像书签一样浏览了许多语言；从一座城搬进另一座城，我像钥匙一样认识了许多锁子；从一栋楼爬上另一栋楼，我像门牌一样背诵了许多号码。然而，走出书，走出城，走下楼，我发现我什么也没有，尽管有时感到自己似乎拥有很多，学问呀，知识呀，信息呀，成就呀，名声呀，职称呀，职务呀，电脑呀，银行账户呀，股票呀，老婆呀，儿子呀，房子呀，车子呀，哥儿们呀，见闻呀，已经到来的金色中年呀，可以预见的安详晚年呀，无疾而终的圆满落日呀……

可是，闭起眼睛一想，又真正觉得空荡荡的，夜深人静的时候，望着苍白的天花板，感到一种迫人的虚。

城市只是一个投寄信件的邮箱，而我只是一个寄信人或收信人。寄完信或读完信，我就走了，而邮箱还挂在那里。说到底，人也是一封信，城市在我们身上盖满各种各样的邮戳，却找不到投寄的地方。

是什么使我变成了一封死信？身上邮戳重叠着邮戳，地址重叠着地址，日期重叠着日期，但是这封信却无处投递，就这样在模糊的邮路飘来荡去，直至失踪？

这时候我已经回到当年的小城。这时候我忽然看见我早年逃离的山——南山。

它依然凝重，依然苍蓝，依然无言，不错，还是我祖先般的南山。

但是，我心里很深的地方却被它触动了，被它闪电般照亮了。

我何以感到认真走过的岁月却是空荡荡的虚？我何以成为一封无处投递的死信？

是因为我遗忘了你吗，南山？

这么多年，我真的像遗忘一堆石头一样遗忘了你吗，南山？

而你依旧站在你地老天荒的沉默里，站在你崇高的孤独里。

这时候我看南山，它像是苍老而永远健在的祖先，像哲人凝眉沉思，像先知欲言又止，像在做一个永远要做下去的手势，看不清是挥别还是召唤。

"此中有真意，欲辨已忘言。"

我好像明白了，我当初那么认真地出走，只是为了更深刻地返回，是这样吗，南山？

我们在命运里走来走去，最终却回到出发的地方，并且第一次真正认识它，是这样吗，南山？

一封盖满邮戳的信终于找到了投递的地址，它正在到达，它将被阅读，它同时也阅读它的阅读者，阅读一个伟大的旧址——南山。

去而复返，又见南山，我第一次真正看见南山。

这么好的白云

　　这么好这么好的白云，这么多这么多的白云。只有神的思绪里才能飘出这么纯洁的白云。随便摘一片都能写李商隐的无题诗，都能写李清照忧伤的情思。我觉得古今诗人中最纯粹的当数李商隐和李清照两位，他们的情感最少受生活和文化的污染，单纯到透明，真挚到只剩下真挚本身，忧伤是生命和情感找不到目的的纯粹忧伤，而不是忧于时伤于物的世俗化情绪。李白的浪漫里仍掺杂着对功名的牵挂；杜甫的国家意识大于生命意识；李贺荒寂敏感，有点病态，鬼魂的过多出没破坏了诗的美感；王维的禅境一半得自悟性一半得自技巧，太高的艺术悟性取代了他对生命的真诚投入，我不大能看出此人内心里有过刻骨铭心的爱情；柳永在风尘柳烟里走得太远，他是一个真诚地玩情感游戏的人，但他不是情感生活中的圣人……李商隐和李清照是活在心灵世界中的人，我不知道他们的信仰，但我感到他们是以爱为信仰的人，在他们心里，爱才是这个世界不死的灵魂，是生命的意义："寻寻觅觅"，总是寻觅着情的踪迹爱的记忆，她希望雁飞过虚无的天空，都能带回爱的消息；"春蚕到死丝方尽，蜡炬成灰泪始干"，这才是人类美好灵魂的不朽铭文。对纯粹心灵生活的沉浸，使他们体验了透明的幸福，也感受到彻骨的绝望，从这样深邃的心海里提炼出的诗情，怎能不句句是盐，字字是珍珠？每一句都能把我们带入情感的古海，带入语言尽头那无边的心域。

这两位诗人的诗最适合写在这么白的云上。就把他们的诗写在白云上吧。我突发奇想，我们何不制造出一种不容易散失的白云，方形的、条形的、心形的、花朵状的，把古今最真挚美好的诗句抄在上面，给每个地方每个国家分上若干朵，让人们仰起头，就能看到白云，看到诗。用诗和白云布置人类的天空，该是多么好啊，这比用烟尘、用枪炮、用导弹、用间谍卫星封锁和伤害天空，强了多少万倍啊！我们得赶快改变自己的恶习了。这么好的白云，这么多的白云，我们都白白浪费了，让更多的白云进入我们的生活，擦拭我们灰暗的天空和灰暗的心灵吧。

山中访友

走出门，就与含着露水和栀子花气息的好风撞个满怀。早晨，好清爽！心里的感觉好清爽！

不骑车，不邀游伴，也不带什么礼物，就带着满怀的好心情，哼几段小曲，踏一条幽径，独自去访问我的朋友。

那座古桥，是我要拜访的第一个老朋友。德高望重的老桥，你在这涧水上站了几百年了？你累吗？你把多少人马渡过彼岸，你把滚滚流水送向远方，你弓着腰，俯身吻着水中的人影鱼影月影。波光明灭，泡沫聚散，岁月是一去不返的逝川，唯有你坚持着，你那从不改变的姿态，让我看到了一种古老而坚韧的灵魂。

走进这片树林，每一株树都是我的知己，向我打着青翠的手势。有许多鸟唤我的名字，有许多露珠与我交换眼神。我靠在一棵树上，静静地，以树的眼睛看周围的树，我发现每一株树都在看我。我闭上眼睛，我真的变成了一株树，脚长出根须，深深扎进泥土和岩层，呼吸地层深处的元气，我的头发长成树冠，我的手变成树枝，我的思想变成树汁，在年轮里旋转、流淌，最后长出树籽，被鸟儿衔向远山远水。

　　你好，山泉姐姐！你捧一面明镜照我，是要照出我的浑浊吗？你好，溪流妹妹！你吟着一首小诗，是邀我与你唱和吗？你好，白云大嫂！月亮的好女儿，天空的好护士，你洁白的身影，让憔悴的天空返老还童，露出湛蓝的笑容。你好，瀑布大哥！雄浑的男高音，纯粹的歌唱家，不拉赞助，不收门票，天生的金嗓子，从古唱到今。你好呀，悬崖爷爷！高高的额头，刻着玄奥的智慧，深深的峡谷漾着清澈的禅心，抬头望你，我就想起了历代的隐士和高僧，你也是一位无言的禅者，云雾携来一卷卷天书，可是出自你的手笔？喂，云雀弟弟，叽叽喳喳说些什么？我知道你们是些纯洁少年，从来不说是非，你们津津乐道的，都是飞行中看到的好风景。

捧起一块石头，轻轻敲击，我听见远古火山爆发的声浪，我听见时间的隆隆回声。拾一片落叶，细数精致的纹理，那都是命运神秘的手相，在它走向泥土的途中，我加入了这短暂而别有深意的仪式。采一朵小花，插上我的头发，此刻就我一人，花不会笑我，鸟不会羞我，在无人的山谷，我头戴鲜花，眼含柔情，悄悄地做了一会儿美神。

忽然下起阵雨，像有一千个侠客在天上吼叫，又像有一千个喝醉了酒的诗人在云头朗诵，感动人又有些吓人。赶快跑到一棵老柏树下，慈祥的老柏树立即撑起了大伞。满世界都是雨，唯我站立的地方没有雨，却成了看雨的好地方，谁能说这不是天地给我的恩泽？俯身凝神，才发现许多蚂蚁也在树下避雨，用手捧起几只蚂蚁，好不动情，蚂蚁，我的小弟弟，茫茫天地间，我们有缘分，也做了一回患难兄弟。

雨停了。太阳像刚出浴的美人，眉目间传递出来的尽是温柔的神情。一弯虹桥也落成了，两座大山正好做了它的桥墩。修一座天堂是这么简单，只需要一阵雨的工夫，真想踏上那虹桥，一步走向天国。又一想，我上了虹桥去看什么呢？还不是看虹桥下的好山好水好意境？那么，我就站在这虹桥下，岂不既看了天国又看了地国？我，一个凡人，岂不阅尽了天上人间的风光？于是决计不登那虹桥。那虹桥好像知道了我的心事，一会儿工夫，就悄悄不见了。

幽谷里传出几声犬吠，云岭上掠过一群归鸟。我也该回家了。于是，轻轻地招手，惜别了山中的众朋友，不带走一片云彩，只带回满怀的好心情好记忆，顺便还带回一路月色……

第五辑　远去的乡村

远去的乡村

　　"稻花香里说丰年，听取蛙声一片。"你们只听见辛弃疾先生在宋朝这样说，我可是踏着蛙歌一路走过来的。我童年的摇篮，少说也被几百万只青蛙摇动过，我妈说："一到夏天我和你外婆就不摇你了，远远近近的青蛙们都卖力地晃悠你，它们的摇篮歌，比我和你外婆唱得还好听哩。听着听着，你咧起嘴傻笑着，就睡着了。"

　　小时候刚学会走路，在泥土的田埂上摔了多少跤？我趴在地上，哭着，等大人来扶，却看见一些虫儿排着队赶来参观我，还有的趁热研究我掉在地上的眼泪的化学成分。我扑哧一笑，被它们逗乐了。我有那么好玩，值得它们研究吗？于是我静静地趴在地上研究它们。当我爬起来，就已经有了我最原始的昆虫学。原来摔跤，是我和土地举行的见面礼，那意思是说，你必须恭敬地贴紧地面，才能接受土地最好的生命启蒙。

现在，在钢筋水泥浇铸的日子里，你摔一跤试试，你跌得再惨，你把身子趴得再低，也绝看不见任何可爱的生灵，唯一的收获是疼和骨折。

菜地里的葱一行一行的，排列得很整齐很好看。到了夜晚，它们就把月光排列成一行一行；到了早晨，它们就把露珠排列成一行一行；到了冬天，它们就把雪排列成一行一行。被那些爱写田园诗的秀才们看见了，就学着葱的做法，把文字排列成一行一行。后来，我那种地的父亲看见书上一行一行的字，问我：这写的是什么？为啥不连在一起写呢？多浪费纸啊！我说：这是诗，诗就是一行一行的。我父亲说：原来，你们在纸上学我种葱哩，一行一行的。

你听见过豆荚炸裂的声音吗？我多次听过，那是世上最饱满、最幸福、最美好的炸裂。所以，我从来不放什么鞭炮和礼花，那真有点儿虚张声势，一串疑似世界大战即将发生的剧烈爆响之后，除了丢下一地碎纸屑和垃圾等待打扫，别无他物，更无丝毫诗意。那么，我该怎样庆祝我觉得值得庆祝一下的时刻呢？我的秘密方法是：来到一个向阳的山坡，安静地面对着一片为着灵魂的丰盈和喜悦而缄默着的大豆啦、绿豆啦、小豆啦、豌豆啦、红豆啦，听它们那被阳光的一句笑话逗得突然炸响的"噼噼啪啪"的笑声——那狂喜的、幸福的炸裂！美好的灵感，炸得满地都是。诗，还用得着你去苦思冥想吗？面朝土地，谦恭地低下头来，拾进篮子里的，全是好诗。

纵着走过来，横着走过去，我不识字的父亲，披一身稻花麦香，在阡陌上走了几十年，我以为他只是在琢磨农事。当他头也不回地走远，他的田亩和更广袤的田亩，被房地产商一夜间全部收购，种植了茂密的钢筋水泥，然后无限期地转租给再也不分泌露水、不生长蛙歌，仅仅隶属于机械和水泥的荒芜永恒——这时，我才突然明白：我不识字的父亲，他纵着走过来，横着走过去，他一生都固执地走在一首诗里，他一直在挽救那首注定要失传的田园诗。

　　屋梁上那对燕子，是我的第一任数学老师、音乐老师和常识课老师。我忘不了它们。我至今怀念它们。它们一遍遍教我识数：1234567；它们一遍遍教我识谱：1234567；它们一遍遍告诉我，一星期是七天：1234567。

水磨坊

　　水、石磨、粮食，在这里相逢了，交谈得很亲热。

　　哗啦啦，是水的声音；轰隆隆，是石磨的声音；那洒洒如细雨飘落，是粮食的声音。

　　水磨坊一般都在河边或渠边。利用水的落差，带动木制的水轮，水轮又带动石磨，就磨出白花花的面粉或金黄的玉米糁。

　　水磨坊发出的声音十分好听。水浪拍打水轮，溅起雪白的水花，发出有节奏的哗啦哗啦的声音，水轮有时转得慢，有时转得快，这与水的流量和流速有关。转得慢的时候，我就想，是否河的上游，有几位老爷爷在打水，就把河水的流量减小了？转得快的时候，我又想，是否在河的中游或距水磨坊不远的某一河湾，一群鸭子下水了，扑打着翅膀，抬高了河水，加快了水的流速？有一次我还看见水里漂来一根红头绳，缠在水轮上，过了好一会儿才被水冲走，我当时真想拾起它，无奈水轮转得很快，又不敢关掉水闸，看着那根红头绳被汹涌的流水扑打，无助地闪动着红色的幻影，心里泛过一阵阵伤感。我想那一定是河的上游或中游，一位姐姐或妹妹，对着河水简单地打扮自己，不小心把红头绳掉进了水里，她一定是久久地望着河面出神，随着红头绳流走的，是她的一段年华，说不定还有一段记忆。

比起水轮热情、时高时低的声音，石磨发出的声音是平和、稳重的，像浑厚的男中音，它那"轰隆隆"——其实这个词用得不准确，它不怎么"轰"，持续均匀的声音是"隆隆"，像是雷声，但不是附近或头顶炸响的雷声，而是山那边传来的雷声，那惊人的、剧烈的音响都被山上的植被、被距离、被温柔的云彩过滤沉淀了，留下的只是那柔和的"隆隆"，像父亲睡熟后均匀的鼾声。粮食也发出了它特有的、谁也无法模仿的声音，磨细的麦面或磨碎的玉米糁从石磨的边缘落下来，麦面的声音极细极轻，像是婴儿熟睡后细微的呼吸，只有母亲听得真切；玉米糁的声音略高略脆一些，好像蚕吃桑叶的声音，或是夜晚的微风里，草丛里露水轻轻滴落的声音。

守在水磨坊里的，多是老人或母亲，有时候是十岁左右的孩子，太小了，怕不安全。我在七八岁的时候，几次请求母亲让我看守水磨坊，母亲不答应，说水可不认识你，水不会格外照顾你。经不住我的纠缠，母亲只好答应我。我看守了好几次水磨坊，学大人的样子按时给磨眼里添粮食，按时清扫磨槽里的面粉。抽空蹲在水边看水轮旋转水花飞溅，听水的声音，石头的声音，粮食的声音；根据水轮旋转的快慢想象水的流量流速，想象河的中游或上游发生了什么事情；凝视一根漂流的红头绳，想象遥远的河湾边一个女孩子伤感的神情……

当我从水磨坊里走出来的时候，我看见水

磨坊旁边的柳树林里，母亲坐在一块石头上，手里拿着正在缝补的衣裳，微笑着向我点头。哦，我的母亲不放心水，不放心石头，她一直守在水磨坊附近，守着她的孩子。

水磨坊，我最初的音乐课堂，爱的课堂，我在这里欣赏了大自然微妙的交响，我看见了水边的事物和劳动，有那么丰富的意味；我看见水边的母亲，母亲身边的水，那么生动地汇成了我内心的水域。

我渴望，当我老了，我能有一个水磨坊，在水边，看水浪推动水轮，发出纯真热情的声

音；将一捧捧粮食放进磨眼，在均匀柔和的雷声里，看一生的经历和岁月，都化作雪白的或金黄的记忆，细雨一样洒下来……

　　我希望，水磨坊不要失传，水磨坊的故事不要失传。

野　地

　　野地并不很野，就在城的郊外。

　　在随便什么时辰，对城市做一次小小的逃亡，到野地去呼吸，去想些什么或什么也不想，就一心一意感受那野地，是我的一门功课。

　　野地有很多树。柳树、松树、槐树，还有叫不出名字的灌木。不是成材林，也非防风林，结出的果子也不能食用，是一片无用的杂木林。它安于它的无用，保全了自己，也保全了这一片野地，在我眼里，它是这般地有了大用。它不仅供给我清新的空气，也免费让我欣赏鸟儿们的音乐会，且是专场，聆听、鼓掌都是我一人。黄鹂的中音，云雀的高音，麻雀的低音，布谷鸟抑扬有度的诗朗诵。报幕的是斑鸠吧，清清朗朗的几句，全场顿时寂静；接着出场的是鹦鹉，不像是学舌，是野地里自学成才的歌手；路过的燕子也丢下几句清唱，全场哗然；喜鹊拖着长裙出面了，它像是不大谦虚也不留情面的音乐评论家："叽叽喳喳"——它是说"演出很差"？于是众鸟们议论纷纷，议论一阵就暂归于寂静，奖金是没有的，午餐补助从古至今就没领过。它们四散开去，各自找自己的午餐。

林子的外面长满了草，招引来三五头牛或七八只羊。牛有黑有黄，羊一律的白。羊口细，总是走在前面选那嫩的草，那么认真地咀嚼着，像小学生第一次完成作业。我抚摸一只小羊的犄角，它做出抵我的样子，眼睛里却是异常的天真温良，它是在和我开玩笑，那抵过来的角，握在手里热乎乎的，它一动不动地让我握着，我们彼此交换着体温和爱怜。我顺手递给它一株三叶草，又握了握它的角，说了一声"好孩子"，却再也说不出下面的话，因为我忽然想起了我穿过的那件羊皮袄。我觉得我对不起这些可爱又可怜的羊,它们是多么纯真的孩子啊。
正想着,那头大黑牛走过来,它埋头吃草,就
像我埋头写诗,都是物我两忘的境界。一个小
土坎它却爬得很吃力,我这才发现它是怀孕的
母亲,脖颈上有明显瘀着血的疤痕,怀孕期间
它仍在负重拉犁?我走过去,急忙牵起缰绳拉
它一把,它上来了,感激地望着我,我看见了
它眼角的泪痕,我向它点点头,示意它快些吃
草,祝福它身体健康,分娩顺利,一路平安。
我的心里多少有点苦涩,贴近哪一种生命,都
觉得它们很美丽,也很苦涩。我终止了我的联
想。我看见,远处那黑牛,仍不时地抬起头望
我……

　　野地的边缘有一小块瓜菜地。包菜一层一
层包着自己内心的秘密,像一位诗人耐心地保
存着自己最初的手稿。芹菜仍如古代那么质朴,
青青布衣,是平民的样子,也是平民的好菜。
红萝卜,通红的小手仍在霜地里找啊找啊,在
黑的泥土里它总能找到那么鲜红的颜色。南瓜
不动声色地圆满着自己,据说南瓜在夜晚长得

最快，特别是在月夜，那么它一定是照着月亮的样子设计着自己，它把月光里的好情绪都酿成内心里的糖。西瓜像枕头，却无人来枕它做梦，我就睡在这枕头上，果然睡着了，梦见我也变成了一个西瓜，在大街上乱滚，差点碰上了钢铁和刀子，于是我又返回到野地，我掐一掐自己，想尝尝，却感到了痛，于是我醒来，看见西瓜仍然自己枕着自己酣睡。

这时，我隐隐听见了水声，野地的前方是一条河，我看见它微微露出的脊背，白花花的脊背，它摸着黑赶路。是子夜了，月亮悄悄地升起来，月光把野地镀成银色。星星们把各种几何图案拼写在天上，地上有几处小水洼，临摹着天上的图案，也不注意收藏，风吹来，就揉碎了。恰好有几片云小跑着去找月亮，月亮也小跑着躲那些云，云比月亮跑得快，月亮终于被遮住了。

星光照看着野地，有些暗，但很静，偶尔传出几声蝈蝈叫，我能听出它们的雌雄……

第六辑　老屋

老　屋

　　老屋已经很老了，它确切的年龄已不可考，它至少已有一百五十多岁了。修筑它的时候，遥远的京城皇宫里还住着君临天下的皇帝，文武百官们照例在早朝的时候，一律跪在天子的面前，霞光映红了一排排撅起的屁股，"万岁万万岁"的喊声惊动了早起的麻雀和刚刚入睡的蝙蝠。就在这个时候，万里之外的穷乡僻壤的一户人家，在鸡鸣鸟叫声里点燃鞭炮，举行重修祖宅的奠基仪式。坐北朝南，负阴抱阳，风水先生根据祖传的智慧和神秘的数据，断定这必是一座吉宅。匠人们来了，泥匠、瓦匠、木匠、漆匠；劳工们来了，挑土的、和泥的、劈柴的、做饭的。妇人们穿上压在箱底的花衣服，在这个劳碌的、热闹的日子里，舒展一下尘封已久的对生活的渴望；孩子们在不认识的身影里奔来跑去，在紧张、辛劳的人群里抛洒不谙世事的喊声笑声，感受劳动和建筑，感受一座房子是怎样一寸一寸地成形，他们觉出了一种快感，还有一种神秘的意味；村子里的狗们都聚集到这里，它们是冲着灶火的香味来的，也是应着鞭炮声和孩子们欢快的声音来的。它们，也是这奠基仪式的参加者，也许，在更古的时候，它们已确立了这个身份。它们含蓄、文雅地立于檐下或卧于墙角桌下，偶尔吐出垂涎的舌头，又很快地收回去了，它们文质彬彬地等待着喜庆的高潮。哦，土地的节日，一座房屋站起来，炊烟升起，许多记忆也围绕着这座房子开始生长。

我坐在这百年老屋里，想那破土动工的清晨，那天大的吉日，已是一个永不可考的日子。想那些媳妇们、孩子们、匠人们、劳工们，他们把汗水、技艺、手纹、呼吸、目光都筑进这墙壁，都存放进这柱、这椽、这窗、这门上，都深埋在这地基地板里，我坐在老屋里，其实是坐在他们的身影里，坐在他们交织的手势和动作里。

我想起我的先人们，他们在这屋里走出走进，劳作、生育、做梦、谈话、生病、吃药；我尤其想起那些曾经出入于这座房屋的妇人们，她们有的是从这屋里嫁出去，有的是从远方娶进来，成为这屋子的"内人"，生儿育女、养老送终、纺织、缝补、做饭、洗菜……她们以一代代青春延续了一个古老的家族，正是她们那渐渐变得苍老的手，细心地捡拾柴薪，拨亮灶火，扶起了那不绝如缕的炊烟。我的手掌上，不正保存着她们的手纹？我确信，我手指上那些"箩箩""筐筐"，也曾经长在她们的手指上，她们是否也想象过：以后，会是一双什么手，拿去她们的"箩箩""筐筐"？

我坐在老屋里就这么想着、想着，抬起头来，我看见门外浮动着远山的落日，像一枚硕大、熟透的橘子，缓缓地垂落、垂落。

我的一代代先人们，也曾经坐在我这个位

置上，从这扇向旷野敞开的门口，目送同一轮落日。

暮色笼罩了四野，暮色灌满了老屋。

星光下，我遥看这老屋，心里升起一种深长的敬畏——它像一座静穆的庙宇，寄存着岁月、生命、血脉流转的故事……

木格花窗的眺望

　　窗是松木做的，阳光照晒的时候，惊喜的窗木就飘出特有的清香。这是我们能够嗅到的乡村气息的一部分，也是农业气息的一部分。植物的魂灵遍布于生活的每一个细节：桐木的门、臭椿木的梁柱（臭椿被民间称为树王）、桦木的椽、棕木的房梁、榆木的门墩、盛米的椴木勺、舀水的葫芦瓢，就连脾气难免尖刻的菜刀也有着柔和的柳木把柄……这一切合并成一种浑厚清洁的气息，这是民间的气息，也是古老中国的气息。

　　就这样，一部分松木来到母亲的生活，以窗的形式，帮助着母亲，也恰到好处地把一部分天空、一部分远山引进了她的日子；到夜晚，就把一部分月光，一部分银河领进她的屋子，她的梦境。

站在窗前，首先看到的是那一片菜园，韭菜整齐排列着，令人想起千年的礼仪，民间自有一种代代传递的肃静与活泼；白菜那白净的素脸，那微胖的身段，是一种永不走样的平民美貌；葱那不谙世事的单纯的手，却能在不动声色的土里取出沁人心脾的情义；花椒树，经营着浑身的刺，守着那古老的脾气：鲜美的麻，一种地道的民间味道。

人在愁苦的时候，依在窗前，看一眼这菜园，内心里就有春色，有了不因世道和人心的扰乱而丢失或减少的，那种生的底色，也是心的底色，这就是天地生命的颜色。

我能想象，母亲多少次站在窗前，看那菜园，那经她的手务作的植物们，那些绿，星星点点竟绿成这一大片，要不是泥土缚了它们的脚跟，它们也许会翻过窗，走进屋子里来的。

母亲曾说，她年轻的时候，也常失眠，就站在窗前，久久凝神看，好几次看见月光从窗格里进来，就变成四四方方的，她就想这是一封封信，是从天上寄来的，静静地放在窗台，等她收阅。我知道母亲这一生是没有收到几封信的，也许她是在想象天意里会有一个夫君，等着她，却无缘相遇，就在远天远地的夜晚辗转投寄来这一封封素笺。

窗框雕有简单的图案：喜鹊、蝴蝶、莲花、仙桃。古中国的偶像，只是这自然里美的生灵。人居住在它们之中，受它们庇护，也庇护着它们。人与天地就这样互相凝视、互相友善，自然成就了人，人也变成了自然的情义。

阳光洒进来，月光照进来，星星走进来，风有时也跑进来，雨有时也会两三点跳进来，更有时，那迷路的蝴蝶也会因了惹眼的窗花飘进来，在屋里逗留片刻。窗外墙根下，时不时就冒出几丛喇叭花藤，顺着墙壁爬上窗子，在母亲难免有些寂寞的窗口，吹奏起淡紫的、蓝色的音乐；那些蛐蛐们、蝈蝈们、根本见不到面的无名无姓的虫儿们，就伴和着唱它们的歌，那从远古一直传下来的老歌；喜鹊、斑鸠、麻雀、八哥、云雀、布谷、阳雀、画眉、清明鸟……也远远近近地唱着、唱着。从这木格花窗，你抬眼可望见万里，你侧耳能听见千秋。

我站在窗前，嗅着淡淡的松木香气，和从窗外深远的天地飘来的草木风月的气息，我在想我小小的母亲，她仅是这窗里的一个小小妇人吗？

此时，鸡叫二遍，已是深夜丑时，母亲熟睡了，我静立窗口，看见月亮偏西，泊在遥远的一个山脊上，银河浩瀚，展开了它波澜壮阔的气象，我似乎听到天上涨潮的声音，哗啦啦的声音，它的波浪汹涌而来，拍打着夜深人静的民间，拍打着这小小的窗口，笼罩着我小小的母亲。

哦，小小的窗口，小小的母亲，小小的我们，与浩大的天意在一起，我们很小，但是，人世悠远，天道永恒……

回忆小时候拜月

　　天刚擦黑，爹就和娘一起从堂屋供桌前搬出小方桌和小凳子，放在我们家院子的正中，把一盘大枣、一盘月饼放在小方桌上，然后端端正正恭恭敬敬朝着月亮的方向坐下来。

　　我也端端正正恭恭敬敬坐在爹的旁边。我问爹："月亮今晚出不出来？"爹说："说话要轻声一点，别吵着了月亮，月亮爷爷正在往我们这里走呢。"

　　我就安静地坐着，不说话，眼睛瞅着桌子上让月亮吃的东西。

　　爹说："别馋，这是为月亮爷爷准备的，它过一会儿来看我们。"

　　我问："月亮是我们家的亲戚吗？"爹说：

"是，月亮是我们祖祖辈辈的亲戚。"正说着，院子前面的屋顶就白花花亮了，隔壁三家的山墙也白花花亮了，像悄悄涂了一层石灰，是月亮出来了，圆圆的，已挂在前面的皂角树上。

爹抬起头，望了一会儿月亮，他脸上的表情很安静，很远，淡淡的，又罩着一层喜悦。

我看一眼爹，又看一眼月亮，觉得他们的脸很相似，月亮是天上的一张不会老去的脸。

爹站起来，向月亮作了三个揖，然后跪下来，向月亮磕了三个头。

爹的动作恭恭敬敬，爹的表情恭恭敬敬。

我学着爹的样子，也向月亮作了三个揖，磕了三个头。

爹对着月亮说："请月亮尝尝我们的心意。"然后就把一部分月饼、红枣撒在院子里的月光上面。

爹又给我一瓣碎的月饼和红枣，让我在有月亮的地方都撒一些。

我把月饼和红枣撒在屋后的溪水里，溪水里有一轮月亮；撒在大门外的池塘里，池塘里有一轮月亮；正准备撒进村头的井里，井里也有一轮月亮等着。赶来挑水的杨自明叔叔说井里的月亮只喝水不吃东西，吃了别的东西会吃坏月亮的肚子，井水就不好了。

我回到我们家的院子，看见爹还在静静地望着月亮出神。

爹从月亮上返回，一脸的月光，他对着我和娘说："今晚月亮好，天气好，月亮领了我们的心意，会照看和保佑我们有好年成，好身体，好心情。"

我问："每一家都拜月吗？每一个人都拜月吗？"

爹说："天下人都拜月，古往今来的人都拜月，月亮领了人们的心意，才保养得白白胖胖，然后保佑天下人安康。"

后来，我就趴在爹的膝盖上睡着了。

第二天早上起来，我就在院子里、池塘里、溪水里寻找昨天晚上撒给月亮的礼物，它们都不见了。

我问爹："真是月亮爷爷吃了吗？"爹说：

"是月亮爷爷吃了。"

我问娘："真是月亮爷爷吃了吗?"娘说："是院子里的鸡吃了,狗吃了,鸟吃了,虫吃了,是池塘里的鱼吃了,是溪水里的鹅吃了。"

爹看了一眼娘,拍拍我的脑袋说:"那是月亮爷爷让给它们吃的,月亮照着的地方,月亮都要照料那里的花花草草虫虫鸟鸟,不让它们饿着。"

我当时觉得父亲很古怪,直到此时写这篇文章的时候,我才忽然明白:

我父亲那一代人,他们和天地万物保持着一种很深厚的血脉亲情。

他尊敬月亮,他虔诚地拜谢这位天上的亲戚,就在他拜月的时候,他不仅让自己过了一个节日,他也让水里的鱼,树上的鸟,门前的狗,地上的鸡,甚至那些看不见的虫虫蚂蚁都过了一个节日。

那个夜晚的节日,多么明亮,多么温暖,多么深情,多么神秘,多么有意思……

第七辑　外婆的手纹

黑夜里的那双手

我怀念那个夜晚。

如墨的夜色涂抹了一切，漆黑的背景里，远山隐约的轮廓比白昼显得矮小，但多了些森严，像长短不一的刀枪剑戟，紧张地举起来，刺向从陡峭处黑压压扑下来的天空。河流忽然收起了温柔的光波，发出恐吓的声音。这是我第一次走夜路。一段并不长的路，我走得比我的记忆还要漫长。我的小手里攥着一把石子，随时投出一粒，吓唬那些我想象中可能出现的鬼影。我的衣兜里揣着一本从小朋友家里借来的书，书里讲述一个善良勇敢的孩子的故事，我断断续续回忆着书里的情节，为我颠簸的脚步壮胆。夜更黑了，远山的刀枪剑戟不见了，莫非被收缴？墓地的磷火却闪动起来，令我想起一些可怖的眼睛。我的心跳加快，"咚咚咚"，我清楚地听见了我身体里的鼓。我在一块大石头旁边停下来。我不敢再往前走了。我靠紧石头，想象它就是我的祖父。接着一片片冰凉的东西落下来，一摸，才知道是雪片。我就在这里过夜？我就这样让雪覆盖？我身体里的鼓敲得更响了。

　　这时，一个微弱的、温柔的声音传来："我领你回家，不要害怕。"是母亲的声音，但不是我的母亲，是与我的母亲的声音同样微弱、温柔的声音。她拉起我，拍拍我的肩膀，说："我是你同村的王婶。"王婶，不就是那个被斗争的地主婆吗？我在斗争会的外边曾看见过她被辱骂、被打的情形。五十多岁的脸上，织满了一百年以上的皱纹。她说她今天到水库筑堤坝，加夜班刚刚回来，她喘息着，说话很吃力。她一手扛着铁锹，用另一只手握住我的手，我感到她的手那么粗糙，满手都是硬茧。此刻，我感到这双长满硬茧的手是这样温柔和温暖。

多年了，我仍然想，残酷的生存给她的是粗暴和凌辱，而她仍然以那双手传达爱意和温情。

当她把我送到家门口，她轻轻地从我的手中移开她的手。她说，谢谢你，是你的小手把我的手暖热了。我当时竟然无话可说，也许是被这浓黑的夜里突然出现的光亮照晕了，也许是并不理解这双一再被生活伤害的手所传达的爱的珍贵。今天，我有太多的话要对那双手表达，但那双手早已回到夜的深处。

替母亲穿针

　　一根长长的线用完了，母亲细心绾一个结。这是驿站上的小憩，线的目的地还很远，线还要继续赶路，一直走到袖口、领口，走通衣裳的每一条道路。

　　又要换一根线了。这时候，如果正逢黄昏，视力不好的母亲就会喊我们或邻居家的孩子，替她往针眼里引线。记不清替母亲引过多少次线，但那种感觉我记得很清楚。往针眼里引线的时候，那长长的线也引进了我的心眼里。

　　垂直地举起针，对准光线，眯起眼睛，凝视针眼，轻轻地呼吸，集中起体内的全部注意力，另一只手小心翼翼地举起线，拿针的手和拿线的手都不要颤抖。针眼太小了，用目光反复打凿。好！目光顺利地通过去了，线紧跟着目光也顺利地通过去了！一次爱的凯旋！针和线拥抱在一起，爱和爱拥抱在一起，然后它们结伴而行，跟随母亲的目光赶路去了。

那一刻，世界是那样单纯和率真，没有天堂没有地狱没有灾难没有风暴，只有一个小小的针眼！

那一刻我忽然发现：母亲的眼睛是世上最美丽的眼睛，从一孔小小的针眼里，她也许不会看见更为伟大的事物，但她绝对从细微处发现了那些被惯于仰视的眼睛一再忽略了的细小而微妙的美丽。

那一刻我忽然明白：母亲缝的衣裳为什么格外温暖？因为针针线线都有她的目光和手温，每一个针脚都藏着她温柔的心跳。

那一刻启蒙了我的美学：天地固然很大，但肯定也是一针一线织成的，众多琐碎的事物织成了宇宙的大美；针眼固然很小，但它凝聚了散漫游移的眼神，透过这秘密隧道，你会看见事物的纹理和深邃本质，以及万物的灵魂。

那一刻我看见了遥远：世世代代的母亲不就是这样缝缝补补，编织了历史的经经纬纬？呀，透过小小针眼，我看见无数母亲们的眼睛，我看见她们手中的线，依旧在补缀着漫长的岁月和思念。

那一刻我懂得了：在夕阳下，替母亲穿针引线的孩子，都会有细腻的内心和善良的情感，他的眼睛不会变得浑浊和冷漠，一缕细小而纯真的光线，已永远织进了他的目光里……

外婆的手纹

外婆的针线活做得好，周围的人们都说：她的手艺好。

外婆做的衣服不仅合身，而且好看。好看，就是有美感，有艺术性，不过，乡里人不这样说，只说好看。好看，好像是简单的说法，其实要得到这个评价，是很不容易的。

外婆说，人在找一件合适的衣服，衣服也在找那个合适的人，找到了，人满意，衣服也满意；人好看，衣服也好看。

她认为，一匹布要变成一件好衣裳，如同一个人要变成一个好人，都要下点功夫。无论做衣或做人，心里都要有一个"样式"，才能做好。

外婆做衣服是那么细致耐心，从量到裁到

缝，她好像都在用心体会布的心情。一匹布要变成一件衣服，它的心情肯定也是激动的，充满着期待，或许还有几分胆怯和恐惧：要是变得不伦不类，甚至很丑陋，布的名誉和尊严就毁了，那时，布也许是很伤心的。

记忆中，每次缝衣，外婆都要先洗手，把自己的衣服穿得整整齐齐，身子也尽量坐得端正。外婆总是坐在光线敞亮的地方做针线活。她特别喜欢坐在院场里，在高高的天空下面做小小的衣服，外婆的神情显得朴素、虔诚，而且有几分庄严。

在我的童年，穿新衣是在盛大的节日，只有在春节、生日的时候，才有可能穿一件新衣。旧衣服、补丁衣服是我们日常的服装。我们穿着打满补丁的衣服也不感到委屈，这一方面是因为人们都过着打补丁的日子，另一方面，是因为外婆在为我们补衣的时候，精心搭配着每一个补丁的颜色和形状，她把补丁衣服做成了好看的艺术品。

现在回想起来，在那些打满补丁的岁月里，

外婆依然坚持着她朴素的美学，她以她心目中的"样式"缝补着生活。

除了缝大件衣服，外婆还会绣花，鞋垫、枕套、被面、床单、围裙都有外婆绣的各种图案。

外婆的"艺术灵感"来自她的内心，也来自大自然。燕子和各种鸟儿飞过头顶，它们的叫声和影子落在外婆的心上和手上，外婆就顺手用针线把它们临摹下来。外婆常常凝视着天空的云朵出神，她手中的针线一动不动，布，安静地在一旁等待着。忽然有一声鸟叫或别的什么声音，外婆如梦初醒般地把目光从云端收回，细针密线地绣啊绣啊，要不了一会儿，天上的图案就重现在她的手中。读过中学的舅舅说过，你外婆的手艺是从天上学来的。

那年秋天，我上小学，外婆送给我的礼物是一双鞋垫和一个枕套。鞋垫上绣着一汪泉水，泉边生着一丛水仙，泉水里游着两条鱼儿。我说，外婆，我的脚泡在水里，会冻坏的。外婆说，孩子，泉水冬暖夏凉，冬天，你就想着脚底下有温水流淌；夏天呢，有清凉在脚底下护着你。你走到哪里，鱼就陪你走到哪里，有鱼的地方你就不会口渴。

枕套上绣着月宫，桂花树下，蹲着一只兔子，它在月宫里，在云端，望着人间，望着我，到夜晚，它就守着我的梦境。

外婆用细针密线把天上人间的好东西都收拢来，贴紧我的身体。贴紧我身体的，是外婆密密的手纹，是她密密的心情。

直到今天，我还保存着我童年时的一双鞋垫。那是我的私人文物。我保存着它们，保存着外婆的手纹。遗憾的是，由于时间过去三十年之久，它们已经变得破旧，真如文物那样脆弱易碎。只是那泉水依旧荡漾着，贴近它，似乎能听见隐隐水声，两条小鱼仍然没有长大，一直游在岁月的深处；几丛欲开未开的水仙，仍是欲开未开，就那样停在外婆的呼吸里，外婆，就这样把一种花保存在季节之外。

我让妻子学着用针线把它们临摹下来，仿做几双，一双留下作为家庭文物，还有的让女儿用。可是我的妻子从来没用过针线，而且家里多年来就没有针线。妻子说，商店里多的是鞋垫，电脑画图也很好看。现在，谁还动手做这种活。这早已是过时的手艺了。女儿在一旁附和：早已过时了。

我买回针线，我要亲手"复制"我们的文物。我把图案临摹在布上。然后，我一针一线地绣起来。我静下来，沉入外婆可能有的那种心境。或许是孤寂和悲苦的，在孤寂和悲苦中，沉淀出一种仁慈、安详和宁静。

我一针一线临摹着外婆的手纹外婆的心境。泉，淙淙地涌出来。鱼，轻轻地游过来。水仙，欲开未开着，含着永远的期待。我的手纹，努力接近和重叠着外婆的手纹。她冰凉的手从远方伸过来，接通了我手上的温度。

注定要失传吗？这手艺，这手纹。

我看见天空上，永不会失传的云朵和月光。

我看见水里的鱼游过来，水仙欲开未开。

我隐隐触到了外婆的手。那永不失传的手上的温度。

第八辑　对孩子说

善良的人才拥有心灵的花园

一颗善良的心灵，才是宽广的心灵。因为没有狰狞的石头竖起奇形怪状的界桩，心灵就有了无限的空间。

善良的人会受到恶的伤害。但他不会责怪自己的善良，他也不会责怪别人的不善良，他会这样想：可能是因为善良的总量还是不够多，留下了空白，恶就出现了，去填充那些空白。他这样想的时候，内心又增加了一份善良。

一个人如果因为自己的善良而受到伤害，就放弃善良，这不全是因为恶的力量有多强大，而是他内心里隐藏着恶，当外部的恶袭来，内心里的恶就开始起哄，内外联手的恶，就这样击倒了善良。

不是恶有多强大，而是我们内心里的叛军帮助了恶，使之变得强大，捣毁了我们的灵魂。

善良的人常常关心别人，他为别人的痛苦而痛苦，为别人的幸福而幸福；不善良的人也常常关心别人，他为别人的痛苦而幸福，为别人的幸福而痛苦。

嫉妒导致恶，极端的嫉妒导致邪恶。一个妒心太重的人，也是恶意最多的人，也是痛苦最多的人：他总是从别人的微笑、成功、喜悦里感到自己的失败。这种失败感会积累发酵成仇恨，仇恨使内心变得更加阴暗，而阴暗的人生是多么苦闷的人生。由此可见：恶毁坏着人生，只有善能拯救人生。

一个真正善良的人，不会考虑善良会换来什么。善良不是投资，不是赚取利润的产业。当一个人开始计较善意和善行的回报，他已开始远离善：回报小就行小善，无回报就不行善，而如果行恶反而得到了行善所得不到的好处呢？

行善过程中的虔诚、洁净、幸福感，就是

善的最高回报。一个真正善良的人，会从善的过程中获得喜悦，过程之外的东西，与心灵无关。

走在善良的路上，偶尔被恶伤了一下，只当作被石头碰了一下，仍然走在善良的路上，像河流一样走过蛮山恶谷，一直走下去，就走进了海——走进了至大至深、包容一切的至善。

帮助一只鸟，拯救一只溺水的蝴蝶，友爱地抚摸一只羊的瘦脸，翻书时同情地注视一粒在纸页间穿行的小小书虫，在原野上长久地望着一朵不知名的野花微笑，并认真地为它取一个美丽的名字，好像只有这样才对得起春天的原野——你从这些小小的善意里体会着一种纯洁的幸福，没有人知道你为什么如此快乐，这快乐是小的，是秘密的，对于心灵，却是最贵重的。太大的动静会吓跑心灵。心灵经常享用这小的快乐、小的善良、小的秘密，心灵就丰富神秘了。一个善良的人才拥有真正的心灵花园。

对孩子说

　　你必须吃很多粮食、蔬菜、水果，饮很多水和奶，才能渐渐增长自己的身高和体重。记住，是土地供给你营养让你渐渐高出土地，你不要忘了随时低下头来，甚至要全身心匍匐在地面上，看看土地的面容和伤痕，为了你站起来，土地一直谦卑地匍匐着，在伟大的土地面前，你一定要学会谦卑。

　　为了生长，你不得不多吃一些东西，这就不得不请求别的生命的帮助，并难以避免地伤害了它们，憨厚的猪、勤劳的牛、忠实的狗、善良的羊、活泼的鱼、诚恳的鸡……都帮助了你的生长，多少牺牲成就了你的生命！看似理所当然的过程，实际却充满着疼痛和伤害。为此，感恩和忏悔，应该成为你一生的功课，这样或许沉重了些，但沉重之后，你将获得真正的美德。

你将吃很多的盐，然后渐渐汇成内心的深海，并体会那种咸的感情。

你将翻过许多山，很可能你找不到通向峰顶的路径，那么继续攀缘吧，许多迂回重复的路，使你的记忆弯曲并有了深度；而当你终于到达一座山顶，你会看到更远处那积雪的山峰，于是你知道，你必须不停地出发，生命就是不停地开始，只有过程，没有顶点。

你必须经历很多个夜晚，为此，你应该多准备一些灯盏。学会把灯高高地举起，不仅照亮了自己的夜晚，也为远处的另一位夜行者提示了路的存在。

永远向高处、向远处敞开胸怀，你将获得辽阔的心胸和不竭的激情。

但是孩子，你必须随时把目光从高处远处收回，看看低处，学会尊重和热爱低处吧，热爱低处的人，热爱低处的劳动，热爱低处的水域。化作一滴水汇入低处吧。最低处的海，最低处的水，养活着这个世界。

当然，孩子，我仍然没有说清楚什么；真理的金子是隐藏在黑夜的泥沙里的。为此，你必须走向你的河流，深入你的波涛，淘洗和寻觅吧，当整整一条河流都从你的手指间漫过，或许你会发现一些闪光的颗粒。

即使注定不会有什么发现，你也必须走向河流，与它一同发源，一同奔流，一同历险，一同化入苍茫。

孩子，向自己的河流走去吧……

诗意和美感的源泉

　　我理解，所谓写作者，就是内心里洋溢着丰沛的诗意又善于领略诗意、内心里充盈着美感又善于发现美感的人。写作，就是呈现诗意和美感的一种方式。

　　诗意和美感，在每一个人的天性和情感里都或多或少、或强或弱、或显或隐地存在着。

　　人，活在天地间，活在万物的怀抱中，活在无限苍茫神秘的宇宙中，也活在文化和历史中，活在对已知事物的感受中，也活在对未知领域的想象中，活在对生的感恩、对爱的感动里，有时也活在对死的遐想中。

　　哲人说：活出意义来。

　　诗人说：人，应该诗意地栖居在大地上。

我想，诗意、美感，应该是我们活着的意义。当然，人活着，还有责任、义务、道德和事业。但我想，那些在日常生活中让我们感到诗意和美感的时刻，那些令我们陶醉、沉浸、升华的时刻，那些让我们变得纯洁、高尚、美好的事物，常常让我们感到活着的珍贵和可爱，每每在这时候，我们会感到活着的意味和意义。

　　人生的最高欣慰和快乐，不是在物质的追逐和满足中获得的。人，不过一百来斤的重量，在无穷宇宙面前无疑极其渺小，对物质的享用终归有限，而且，人在与物质世界进行能量交换的时刻，并不是人"最有意义"的时刻，因为我们知道，任何生物都能与物质世界进行能量交换。

　　人生的最高欣慰和快乐，来自心灵的感动。当我们向万物敞开怀抱的时刻，当我们与美好的人、美好的事物相遇并投去深情凝视的时刻，我们感到欣悦和幸福；有时，我们也会与痛苦的事物和不幸的命运遭遇，我们因此感受到世界的另一面，看到蓝色海水后面那幽暗的深渊，我们的生命体验由此获得深化，在对痛苦的感受和承担中，我们会在喜剧甚至闹剧后面，发现世界的悲剧本质和生命的悲剧美。我们同样会感到灵魂被净化后的深沉幸福，对人、对生命、对万物，我们会更多一些同情和热爱。

而所有这一切，都是因为我们发现了生存的诗意和美感。

诗意何处寻？美感何处寻？

中国古人说："外师造化，中得心源。"这里的"造化"即是大自然，"心源"就是我们的内心世界。我们不妨把无边的大自然叫作"外宇宙"，把无边的内心叫作"内宇宙"。诗意和审美，即来自人的"内宇宙"和"外宇宙"相互吐纳、相互映照的时刻。

我凝视静夜的星空，星空也凝视我，星空也进入了我的内心，有限的我与无限的宇宙星空融为一体，我常常被一种"无限感"所震撼，这个时刻，我感到我与万物同在。与永恒同在，我的内心变得澄明浩瀚无际无涯。我的一本诗集《驶向星空》就记录了我的这些体验。

我常常漫步于山间、田野、林中、水畔，

有时就静坐在溪水边或仰躺在树林里，看白云倒映于水面，耐心地洗涤着它们各种样式的衣衫，我的心也变得清洁透明；我从瀑布的声浪里感受到一种壮烈的情怀；我从野画眉、布谷鸟的叫声里学到一种说话和写作的方式。这就是：率真和自然。我喜爱一切鸟，我觉得鸟语是值得推广的"世界语"；我爱青山，尤其是雨后的青山。宋代词人辛弃疾的两句词说出了我对青山的感觉。他说："我看青山多妩媚，料青山看我应如是"；我爱白雪，我爱虹，我爱夜空中的月亮，我爱蜻蜓和蝴蝶，它们是花和草的知音和伴侣，它们款款的影子，出没在大自然，也出没在古今中外的诗文里；我爱动物，牛马羊狗猫松鼠，世上没有卑琐的动物，你仔细注视，会发现它们的体态神情是那样美那样和谐，而它们目光中的忧郁和感伤，又令人同情，我常常痴想着，它们能与我交流一点什么，谈谈对生命的理解和对命运的看法；我爱一切植物，植物以它们无尽的绿色和果实美化了这个世界，也喂养了这个世界，我写过许多关于自然界的散文和诗歌（包括《山中访友》等等），当我写自然界的任何事物的时候，内心里总是充满感动和感恩，一片落叶也会在我笔下呈现它亲切细密的脉纹，我像是看到了大自然的隐秘手相，甚至，一片雪、一阵雨打玻璃的声音，都会在我心底溅起情感的涟漪，我总是努力用语言挽留这些微妙的、深切的、诗意的时刻。每次写作，我总是打开窗子，眺望一会儿朦胧的远山，如果恰逢一声鸟叫，我的诗文便有了清脆生动的开头；如果在夜晚写作，我就先在空旷宁静的地方，仰望头顶的星空，聆听银河无声的波涛，宇宙无穷的黑暗和光芒便滔滔地向我的内心倾泻，我深深地呼吸着那从无限里弥漫而来的浩大气息，然后，我开始诉说，向心灵诉说，向人群诉说，向时间诉说和万物诉说。语言被心中的激情和宇宙的浩气激活，语言行走和飞翔起来，语言有了只有在这个时候才有的动人的表情和语调，就这样，我的心，在语言的原野上走向远处和深处。每当这时候，我感动，万物和宇宙都参与了语言的运动。

图书在版编目（CIP）数据

牛的写意 / 李汉荣著. -- 武汉：长江文艺出版社，
2023.6（2023.7 重印）
ISBN 978-7-5702-3092-1

Ⅰ.①牛… Ⅱ.①李… Ⅲ.①散文集－中国－当代
Ⅳ.①I267

中国国家版本馆 CIP 数据核字（2023）第 070230 号

牛的写意
NIU DE XIEYI

责任编辑：张　贝　郭良杰　　　　　　责任校对：毛季慧
插　　画：党　苒
封面设计：天行云翼·宋晓亮　　　　　责任印制：邱　莉　杨　帆

出版：长江出版传媒　长江文艺出版社
地址：武汉市雄楚大街 268 号　　　　邮编：430070
发行：长江文艺出版社
http://www.cjlap.com
印刷：湖北新华印务有限公司

开本：640 毫米×970 毫米　　　1/16　印张：7.75　　　插页：4 页
版次：2023 年 6 月第 1 版　　　　2023 年 7 月第 4 次印刷
字数：50 千字

定价：22.00 元